Copyright © de la edición en español (2008):
Parragon Books Ltd
Queen Street House
4 Queen Street
Bath BA1 1HE
Reino Unido

Traducción del inglés: Irene Villalta Gómez para LocTeam, Barcelona
Redacción y maquetación de la edición en español: LocTeam, Barcelona

ISBN 978-1-4075-3320-9

Impreso en China
Printed in China

# ¡Un oso se ha perdido!

## Karen Hayles y Jenny Jones

# PaRragon

Bath · New York · Singapore · Hong Kong · Cologne · Delhi · Melbourne

Diez osos perezosos se acaban de despertar.

Como hace buena mañana uno sale a pasear.

Nueve osos curiosos al río se van a bañar.

El más rápido de todos ya se ha puesto a secar.

Ocho osos golosos van en busca de alimento.

Uno escarba en la nieve:
«¡Aquí hay algo suculento!».

Siete osos sigilosos caminan alzando el hocico.

Uno se detiene pronto, al hallar un panal muy rico.

Seis osos habilidosos
hacen un muñeco con gran trabajo.

Uno acaba bajo la nieve;
patas arriba y cabeza abajo.

Cinco osos VIGOROSOS van a la colina a escalar.

Uno suelta la cuerda para poderse deslizar.

Cuatro osos fatigosos han andado ya un montón.

Uno resbala en la nieve
y se da un buen revolcón.

Tres osos animosos compiten haciendo piruetas.

Pero uno abandona pronto, antes de cruzar la meta.

Dos osos valerosos se ponen a remar.

Uno queda varado: «¿Por dónde debo tirar?».

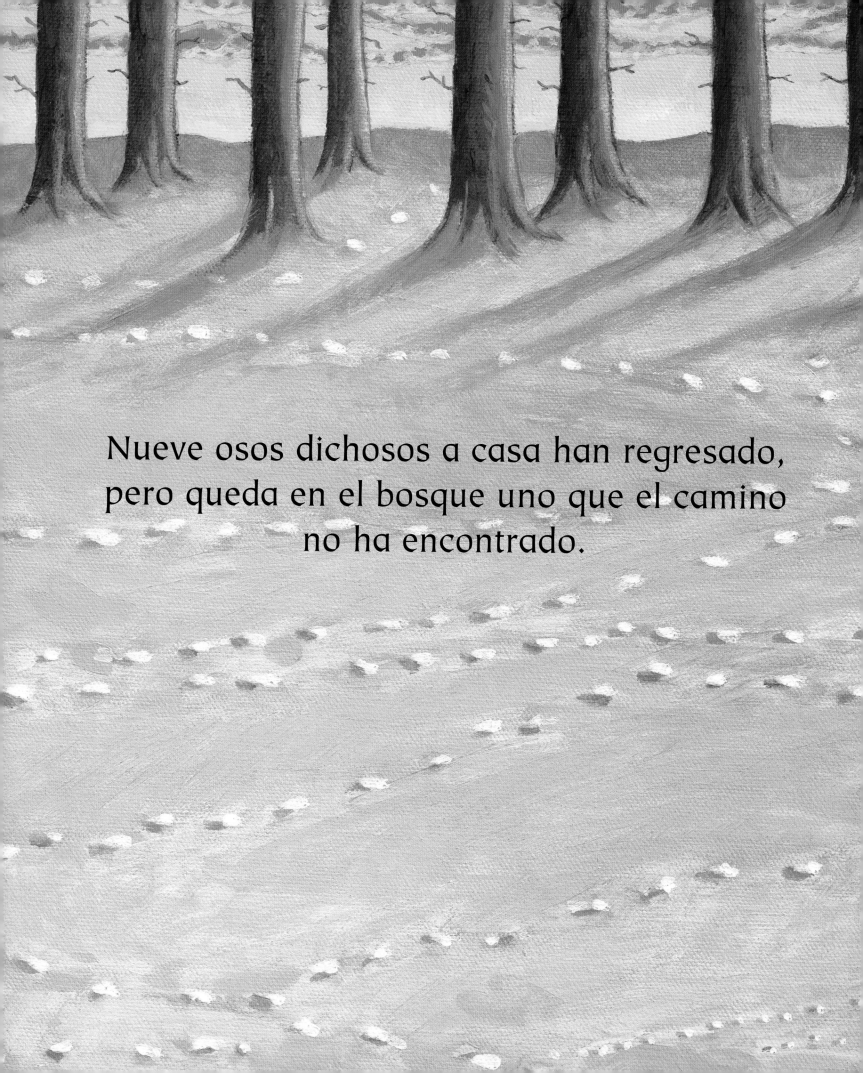

Nueve osos dichosos a casa han regresado,
pero queda en el bosque uno que el camino
no ha encontrado.

¡Un oso
se ha perdido!

Nueve osos pesarosos salen a buscar a su amigo,

y cuando cae la noche vuelven a estar reunidos.

Calentitos en su guarida
ya están los diez dormidos.